18 MAI 1885 PN

COLLECTION

DE

M. le Comte SAPIA DE LENCIA

OBJETS D'ART

D'AMEUBLEMENT

Mᵉ LÉON TUAL
COMMISSAIRE-PRISEUR
36, rue de la Victoire, 36

M. A. BLOCHE
EXPERT
[illegible], rue Laffitte, [illegible]

COLLECTION

DE

M. le Comte SAPIA DE LENCIA

OBJETS D'ART

ET

D'AMEUBLEMENT

Me LÉON TUAL
COMMISSAIRE-PRISEUR
36, rue de la Victoire, 36

M. A. BLOCHE
EXPERT
11, rue Laffitte, 11

CATALOGUE

DE TRÈS BELLES

PORCELAINES DE SAXE

Remarquables garnitures — Pièces de forme et de choix
Services de tables
Nombreux groupes et Figurines montés sur socles en bronze doré Louis XV
Porcelaines de Chine montées.

TRÈS BELLES BOITES

En or émaillé et ciselé, Vernis Martin
Matières précieuses — Émail et porcelaine de Saxe.

MINIATURES DU XVIIIe SIÈCLE

Émaux — Bijoux anciens

Beau Meuble de salon en tapisserie de Beauvais

MAGNIFIQUE TAPISSERIE DES GOBELINS

Les Scènes siamoises d'après Le Prince.

FORMANT L'IMPORTANTE COLLECTION

DE M. LE COMTE SAPIA DE LENCIA

Et dont la vente aura lieu par suite de son décès

HOTEL DROUOT, SALLE N° 8

Les Lundi 18, Mardi 19, Mercredi 20 et Jeudi 21 Mai 1885

A 2 HEURES

Me Léon TUAL	**M. A. BLOCHE**
COMMISSAIRE-PRISEUR	EXPERT
39, rue de la Victoire.	11, rue Laffitte.

Chez lesquels se distribue le présent Catalogue.

EXPOSITIONS

PARTICULIÈRE	PUBLIQUE
Le Samedi 16 Mai 1885	Le Dimanche 17 Mai 1885
DE 1 HEURE 1/2 A 5 HEURES 1/2	DE 1 HEURE A 5 HEURES

CONDITIONS DE LA VENTE

Elle sera faite au comptant.

Les Acquéreurs paieront CINQ POUR CENT en sus des enchères, applicables aux frais de vente.

L'exposition mettant le public à même de se rendre compte de l'état des objets, il ne sera admis aucune réclamation une fois l'adjudication prononcée.

Le présent Catalogue se distribue

A Paris, chez : Me LÉON TUAL, commissaire-priseur, rue de la Victoire, 39.

M. A. BLOCHE, expert, rue Laffitte, 44.

A Londres, M. E. JOSEPH, 158, *New Bond Street.*

M. G. DONALDSON, 106, *New Bond Street.*

A Bruxelles, M. TH. STROOBANTS, 9, boulevard d'Anvers.

A Francfort, MM. LOEWENSTEIN, 4, *Kaiserstrasse*,

MM. GOLDSCHMIDT, *Zeil* (Hôtel de Russie.

Paris. — Imprimerie de l'Art. E. MÉNARD et J. AUGRY, 41, rue de la Victoire

N° 1.

DÉSIGNATION DES OBJETS

ANCIENNES PORCELAINES DE SAXE

PIÈCES DE FORME

1 — Très remarquable garniture de sept pièces, décorées de fleurs et branchages en haut-relief, composée d'un groupe de milieu avec grand vase monté sur un socle en bronze ciselé et doré, formé de rocailles et d'enroulements feuillagés, servant de fontaine et orné de chaque côté de deux chiens en vieux Saxe; puis deux vases, deux grands cornets et deux porte-bouquets éga-

lement montés sur des socles à rocailles, ornés de guirlandes de fleurs en bronze ciselé et doré. Style Louis XV. Ensemble rare et précieux.

Groupe de milieu. Haut., 63 cent.; larg., 50 cent.
Deux vases. Haut., 45 cent.
Deux cornets. Haut., 40 cent.
Porte-bouquets. Haut., 30 cent.

2 — Paire de candélabres, formés de vases en ancienne porcelaine de Saxe, fond maïs avec médaillons à sujets siamois montés en bronze ciselé et doré à anses feuillagées et à jour, avec bouquets de lis à quatre lumières. Style Louis XVI.

Haut., 88 cent.

3 — Très belle garniture de cinq pièces, composée d'un grand vase de milieu, deux grands cornets et deux vases avec couvercles, décorés de cartels à sujets chinois, avec encadrements à rocailles et rinceaux rehaussés d'or et, sur les côtés, de bouquets détachés. Ensemble rare.

Vase de milieu. Haut., 55 cent.
Cornets. Haut., 42 cent.
Vases. Haut., 44 cent.

4 — Magnifique garniture de trois pièces, composée d'un vase de milieu avec couvercle et deux cornets, décor treillage à jour, enguirlandé de fleurs et de feuillages en relief.

Vase de milieu. Haut., 55 cent.
Cornets. Haut., 38 cent.

N° 3.

N°s 6 et 7.

5 — Deux belles coupes, supportées par des groupes de bergers et bergères en ancienne porcelaine de Saxe; socles à rocailles en bronze doré. Style Louis XV.

Haut., 40 cent.

6 — Joli brûle-parfums, forme vase, avec couvercle enguirlandé de fleurs et de raisins en relief supporté par un groupe de nymphes et d'enfants : allégorie de l'Automne; monté sur socle à enroulements feuillagés, avec gorge à jour en bronze doré. Louis XV.

Haut., 50 cent.

7 — Paire de beaux vases de forme cintrée, avec couvercles, décor à rocailles en relief, surmontés de figurines d'Amours travestis se détachant en ronde bosse, ornés d'anses à enroulements, présentant, sur la panse, des masques de femmes.

Haut., 43 cent.

8 — Deux jolies gourdes, décor fond violet clair, avec médaillons, paysages et port de mer, animés de petits personnages; bordure à rehauts d'or.

9 — Belle garniture de trois potiches, avec couvercles décorés de médaillons à sujets siamois, et d'encadrements et bordures à rehauts d'or.

Potiche du milieu. Haut., 38 cent.
Autres potiches. Haut., 33 cent.

10 — Belle pièce, composée d'un groupe représentant Léda, l'Amour et Jupiter sous forme de cygne, et d'un vase, forme côtelée, avec anses à dauphin et décor à fleurs; montés sur socle à grandes rocailles enguirlandés de fleurs. Époque Louis XV.

Haut., 28 cent.; larg., 35 cent.

11 — Vase, décor à sujets chinois, à fond rouge violacé.

Haut., 40 cent.

12 — Paire de potiches avec couvercles, décorées de médaillons à sujets chinois, fond vert.

Haut., 36 cent.

13 — Belle pendule, forme monument, à rocailles, couronnée par un groupe, Vénus et l'Amour, décorée de médaillons : Vues de villes et ports de mer, animées de nombreux personnages, le tout rehaussé d'or.

Haut., 55 cent.

14 — Christ en ancienne porcelaine d'Allemagne, avec piétement à rocailles rehaussées d'or.

Haut., 32 cent.

15 — Deux grandes corbeilles, supportées par des groupes de bergers et bergères, montées sur socles à rocailles en bronze doré. Style Louis XV.

Haut., 40 cent.

N° 99. N° 13. N° 99.

16 — Deux grands vases, décorés de fleurs et branchages en relief; montures à rocailles en bronze doré. Style Louis XV.

Haut., 44 cent.

17 — Potiche, fond jaune, décorée de médaillons à sujets siamois encadrés d'or.

18 — Huit colonnettes enguirlandées de fleurs, surmontées de chapiteaux en ancienne porcelaine de Saxe, avec six tablettes en glace et dix petites consoles en bronze doré, à rocailles, formant une élégante étagère.

19 — Deux colonnettes cannelées, surmontées de chapiteaux.

20 — Paire de vases, avec couvercles, décor à fleurs et insectes, avec anses à cariatides de personnages; monture en bronze doré à feuilles d'acanthe.

21 — Écuelle avec couvercle et plateau, décor fond bleu à médaillons de fleurs, encadrement et bordure à rehauts d'or.

22 — Deux petits brûle-parfums, forme pots-pourris, décorés de corbeilles de fleurs et de bouquets détachés sur pieds à rocailles.

23 — Salière, poivrière et moutardier avec leurs plateaux, décor fond bleu fleurdelisé à médaillons au blason de France et paysages animés de petites figures, le tout à rehauts d'or.

24 — Joli service de fiançailles, composé d'un plateau forme à contours avec poignée et de deux tasses trembleuses à bordures gaufrées, décorées de fleurs et de sujets d'après Watteau.

25 — Ménagère composée d'un plateau à contours, avec poignée, burettes et poivrière, décor à fleurs, bordure à rehauts d'or.

26 — Boite haute, de forme cylindrique, avec couvercle, décor à fleurs.

27 — Deux belles écuelles, avec couvercles et plateaux forme côtelée, fond gaufré, décorées de sujets champêtres d'après Téniers.

28 — Bonbonnière, forme grappe de raisin.

29 — Brûle-parfums, sur plateau adhérent, décoré de fleurs en relief, couvercle dômé avec rosace à jour.

30 — Jolie écuelle, avec couvercle et plateau, partie fond jaune, partie fond blanc, médaillons à bou-

quets de fleurs et encadrements à rocailles rehaussés d'or.

31 — Plateau ovale, forme bateau, bordure à rocailles, fond violet à rehauts d'or, avec feuillages en relief.

32 — Tasse et soucoupe, forme fleurs, avec branchages en relief.

33 — Porte-huilier avec ses bouteilles, décor à guirlandes de fleurs, bordure à rinceaux et feuilles de choux.

34 — Six petites cuillers, décor à fleurs en violet.

35 — Belle écuelle, avec couvercle et plateau, fond violet, médaillons à paysages animés de nombreux petits personnages, bordure à rehauts d'or.

36 — Sucrier, forme côtelée, décor à oiseaux, bordure gaufrée.

37 — Sucrier, décor à fleurs, bordure gaufrée.

38 — Sucrier, décor à jetée de fleurs, bordure à écailles de poisson, fond bleu, encadré de rinceaux dorés.

39 — Sucrier, décor représentant des chiens savants, bordure gaufrée.

40 — Théière, décor à fleurs, bec forme dauphin, bordure gaufrée.

41 — Chocolatière, forme broc, décor à bouquet de fleurs.

42 — Cafetière, forme fleur, avec feuillages en relief.

43 — Pot à crème, décor à sujet Watteau, avec bordure à écailles de poisson, fond bleu.

44 — Pot à crème, décor à fleurs, avec bordure à écailles de poisson, fond bleu.

45 — Boite haute, à quatre faces, décor à guirlandes de fleurs, bordure à quadrillés, fond jaune, encadrés de rinceaux; couvercle surmonté d'une fleur.

46 — Bonbonnière, forme lis.

47 — Sucrier, forme fleur, avec branchages en relief.

48 — Cafetière, décor à fleurs, bordure gaufrée.

49 — Boîte à thé, décor à fleurs et écailles de poissons bleus, décor à rehauts d'or.

50 — Boîte à thé, décor à fleurs, bordure à rinceaux et quadrillés, fond violet à rehauts d'or.

51 — Pot à crème, décor représentant les Singes savants, bordure gaufrée, le tout à rehauts d'or.

52 — Chocolatière, décor à fleurs, bordure gaufrée rehaussée d'or.

53 — Cinq jolies pièces : chocolatière avec anses à rocailles ; théière forme fontaine tripode ; sucrier, pot à crème et petit plateau avec cuillers, décor à guirlandes de fleurs, bordure à carrelages encadrés de rinceaux à rehauts d'or.

54 — Deux bouteilles, forme à pans, décor à fleurs style chinois, monture en bronze doré. Époque Louis XVI.

55 — Vase avec couvercle, forme rococo, décor à rocailles et médaillons à sujets champêtres ; le tout à rehauts d'or en ancienne porcelaine de Cronenburg.

56 — Théière, sucrier, boîte à thé, pot à crème et plateau, décorés de médaillons à sujets champêtres, ports de mer, à petits personnages, bordure à rehauts d'or, encadrements à baldaquins et rocailles.

57 — Théière élevée sur trois griffes, et sucrier décoré de médaillons : Scènes maritimes, avec petits personnages, encadrements à rehauts d'or.

58 — Deux petits vases, décor à semis de fleurs en relief, montures en bronze doré à rocailles, avec bouquets de fleurs en porcelaine de Sèvres et de Saxe.

59 — Aiguière, forme à coquille, décorée de sujets Watteau et de médaillons à bustes de personnages.

60 — Nombreuses fleurs de toutes dimensions et de toutes sortes, en anciennes porcelaines de Saxe et de Sèvres. (Sera divisé.)

61 — Soupière, de forme oblongue, à contour, avec plateau et couvercle, décor à rocailles rehaussés d'or et à fleurs, avec armoiries dans des cartels.

62 — Soupière, de même forme, décor à bordure gaufrée, semée de fleurs, avec cartels à rocailles et armoiries, couvercle couronné d'artichauts et de fleurs.

63 — Grand plateau à contours, décoré au centre d'un sujet d'après Watteau, avec bordure à bouquet de fleurs détachés et filets d'or.

64 — Soupière, avec plat et couvercle, à anses forme dragons enroulés, décor au tigre et paysage dans le style chinois.

65 — Plateau à contours, à deux anses, forme coquilles, à jour, bordure gaufrée, décor à bouquets de fleurs détachés.

66 — Cinq grands plats, à bords contournés, décor à couronne de fleurs en relief et à bouquet détaché.

67 — Saucière, forme aiguière, décor côtelé à rocailles et médaillons à oiseaux.

68 — Deux saucières, à deux anses, décor à médaillons de fleurs, encadrés de rocaille à rehauts d'or, intérieur à bouquets détachés.

69 — Huit plateaux, forme feuilles, décorés de bouquets détachés, bordure à filets d'or.

70 — Quatre montures de plateau, en bronze doré, forme rocaille. Style Louis XV.

71 — Deux raviers oblongs, à bords festonnés, décor à bouquet de fleurs.

72 — Trois petits raviers, décor à bouquet de fleurs.

73 — Grand bol à sucre, forme lobée, décor à bouquets de fleurs détachés.

74 — Cent seize assiettes plates, à bordure gaufrée, dessin vannerie, décors à fleurs et fruits.

75 — Vingt et une assiettes creuses, à bordure gaufrée, dessin vannerie, décor à bouquets de fleurs détachés.

76 — Dix compotiers, bordure gaufrée, dessin vannerie, décor à fleurs.

77 — Dix montures de compotiers, en bronze doré à rocailles. Style Louis XV.

78 — Cinq grands compotiers, bordure gaufrée, dessin vannerie, décor à fleurs.

79 — Bol à sucre, décor à écailles de poisson, fond bleu, avec cartel à fleurs et fruits, encadré de rocailles et de guirlandes sur fond blanc réservé.

80 — Quatre compotiers, décor à fleurs, bordure à écailles de poisson, fond bleu, rehaussé d'or.

81 — Deux grands compotiers, même décor.

82 — Vingt-quatre assiettes, même décor.

83 — Douze assiettes plates et creuses, décor à guirlandes et bouquets de fleurs, en relief et en couleur, bordure à rehauts d'or.

84 — Six tasses à chocolat, avec soucoupes, décor fleurs, bordure à écailles de poisson, en bleu, à rehauts d'or.

85 — Deux tasses à café et trois tasses à thé, avec leurs soucoupes, décors à sujets Watteau, avec bordure fond bleu, à écailles de poisson.

86 — Quatre tasses à café et onze tasses à thé, décor à fleurs, bordures à écailles de poisson, fond bleu, à rehauts d'or.

87 — Quatre tasses à café, quatre tasses à thé et six soucoupes, décor à fleurs, avec bordure à carrelage, fond rouge, à rehauts d'or.

88 — Six tasses à café avec soucoupes, bordure gaufrée, décor à fleurs.

89 — Quatre tasses à café, forme à côtes tournantes, décor à bouquet de fleurs, avec leurs soucoupes.

90 — Dix huit tasses à thé, forme à côtes tournantes, décor à bouquets de fleurs, avec soucoupes.

91 — Deux moutardiers, avec plateaux, décor à bouquets de fleurs.

92 — Quatre salières, bouts de table, forme à rocailles, décor à bouquets de fleurs.

93 — Quatre salières, forme coupe sur pied triangulaire, à coquille, décor à fleurs détachées.

94 — Six salières, fond gaufré, décor à fleurs.

95 — Huit assiettes, décor à fleurs.

96 — Quatre sucriers, décor à fleurs.

97 — Plat, décor à fleurs, bordure à jour.

98 — Deux plats, fond gaufré, décor à bouquets de fleurs détachés.

Nº 100.

GROUPES ET FIGURINES

EN ANCIENNE PORCELAINE DE SAXE

99 — Quatre grands et superbes groupes : allégories des Saisons (qualité rare).

Haut., 37 cent.

100 — Cinq grands et beaux groupes : allégories des Sens (qualité rare).

Haut., 38 cent.

101 — Remarquable garniture de trois groupes représentant le *Temple de Junon* et les *Autels de l'Amour*. Sur la pièce du milieu est posé un grand groupe de Junon triomphante ; les colonnettes à jour, en forme de rocaille, enguirlandées de fleurs et de branchages sont couronnées de figurines d'enfants ; au milieu du temple, un enfant tenant des fleurs est posé sur un socle, et entre les colonnes sont placés deux amours tenant l'un une guirlande et l'autre un écusson ; les deux autres temples, à colonnes enguirlandées de fleurs, présentent au centre des figures d'enfants à côté de brûle-encens, et sont couronnés de groupes de chevaux maitrisés par des Turcs ; monture en bronze doré. Style Louis XVI.

Groupe de milieu. Haut., 70 cent.
Deux groupes de côtés. Haut., 58 cent.

102 — Très beau groupe de trois figures : le Triomphe de Silène.

103 — Très beau groupe de deux figures : les Tendresses du Berger, décor à rehauts d'or, socle à rocailles, en bronze doré.

104 — Très beau groupe de trois figures : Arlequin, Colombine et Scapin, décor à rehauts d'or.

105 — Très beau groupe de deux figures : le Baiser, décor à rehauts d'or, sur socle à rocailles en bronze doré.

106 — Très beau groupe de deux figures : la Défense de la cage, décor à rehauts d'or.

107 — Très beau groupe de deux figures : Masques en riches costumes à rehauts d'or, sur socles à rocailles en bronze doré.

108 — Très beau groupe de deux figures : le Berger galant enguirlandant de fleurs la Bergère.

109 — Très belle et grande figurine : Un géomètre en riche costume, à rehauts d'or, avec socle adhérent à quatre faces, décoré de médaillons à vues de villes, animées de nombreux petits personnages.

110 — Deux grands et beaux groupes : Berger et Bergère jouant avec leur mouton, assis sur des rochers, et posés sur socles à rocailles. Époque Louis XV.

N° 101.

111 — Joli groupe offrant au centre un sujet galant et champêtre : Berger et Bergère sous un bosquet, en bronze doré, forme de rocailles, avec figurines d'Arlequin et Colombine de chaque côté ; socles à volutes et enroulements, Louis XV.

112 — Très joli groupe de quatre figures : Allégorie de la Déclaration sous un bosquet, avec fleurs en porcelaine de Sèvres et de Saxe, et socle en bronze doré, modèle à rocailles.

113 — Quatre grandes et magnifiques figurines : les Saisons, dont deux montées sur socles à rocailles en bronze doré. Style Louis XV.

114 — Grande et belle figurine : Junon assise sur un rocher, sur socle en bronze doré, à rocailles.

115 — Beau groupe de trois figures : Flore, Apollon et Amours, sur socle à rocailles, en bronze doré.

116 -- Joli groupe de trois figures : l'Amour travesti l'emportant sur Scapin.

117 — Beau groupe de trois figures : Pierrot et Pêcheurs.

118 — Groupe de trois figures : Flore et Apollon; sur socle à rocailles en bronze doré.

119 — Joli groupe de quatre figures : Allégorie aux accordailles de l'Amour.

120 — Groupe de quatre figures : les Petits Astronomes ; sur socle en bronze doré. Époque Louis XVI.

121 — Groupe de deux figures : Un Enlèvement ; sur socle à rocailles en bronze doré.

122 — Joli groupe de trois figures : la Jeune Mère ; sur socle à rocailles en bronze doré.

123 — Joli groupe de deux figures : la Toilette ; sur socle à rocailles en bronze doré.

124 — Beau groupe de deux figures : Amour et Zéphyr s'embrassant ; sur socle à rocailles en bronze doré.

125 — Beau groupe de quatre figures : le Triomphe de Bacchus ; socle à rocailles en bronze doré.

126 — Groupe composé de trois figurines : Enfants, allégorie de la musique ; monté sur socle à rocailles avec fleurs en porcelaine de Sèvres.

127 — Groupe composé de deux figurines : Berger et Jardinière ; montés sur socles à rocailles en

N° 122.

N° 131.

N° 106.

N° 103.

N° 119.

N° 104.

N° 115.

N° 120.

N° 116.

bronze doré, sous un bosquet de fleurs en anciennes porcelaines de Sèvres et Saxe.

128 — Grand groupe représentant le Temps et l'Amour; sur un rocher entouré de quatre figurines allégories des Saisons; monté sur un socle à rocailles en bronze doré. Style Louis XV.

129 — Deux grandes figurines vide-poche : Turc et Géorgienne en riches costumes à rehauts d'or, tenant des coquilles à la main.

130 — Groupe de quatre figures : allégorie de la Renommée couronnant Bellone.

131 — Groupe de trois figures : allégorie de l'Abondance et de la Royauté.

132 — Groupe représentant Hercule terrassant le Taureau.

133 — Quatre petits bustes : allégories des Saisons; sur socles sphériques décorés de fleurs et de feuilles d'acanthe.

134 — Petite figurine : Amour mendiant sur socle; décor à fleurs et feuilles d'acanthe.

135 — Groupe de deux Enfants et un Amour; sur socle en bronze.

136 — Groupe composé de deux figurines : les Petits Marchands de fruits ; montés sur des socles à rocailles en bronze doré. Style Louis XV.

137 — Bougeoir, forme bosquet, en bronze doré à rocailles et feuillages abritant une figurine de Minerve.

138 — Groupe, forme de bosquet, en bronze doré, avec figurine d'Enfant tenant un écusson à légende.

139 — Groupe de deux Enfants : allégorie de la Danse ; sur socle à rocailles en bronze doré.

140 — Groupe : Petit Bacchus et panthère ; sur socle en bronze doré à rocailles.

141 — Deux groupes de deux figures : Berger et Bergère, Galant et Bouquetière ; avec socles à rocailles à jour.

142 — Deux groupes de deux figures : le Chasseur galant et le Jardinier galant.

143 — Groupe de deux figures : le Duo d'amour.

144 — Groupe de deux figures : les Amours musiciens.

145 — Groupe de trois figures : la Toilette.

146 — Trois figurines : allégories des Saisons.

147 — Petit groupe de quatre figures d'enfants attisant un feu.

148 — Deux figurines : Jupiter et Saturne ; sur socles à rocailles rehaussés d'or.

149 — Deux figurines : Enfants : le Peintre et le Géographe ; sur socles à rocailles en bronze doré.

150 — Petit groupe : l'Amour aveugle ; sur socle à rocailles en bronze doré. Style Louis XV.

151 — Groupe de deux figures : Diane et Daphné.

152 — Deux groupes de deux figures d'Enfants jouant avec une chèvre.

153 — Figurine : Bacchus.

154 — Deux groupes composés de trois figurines : les Petits Amours travestis ; sur socles en bronze doré à branchages. Époque Louis XV.

PORCELAINES DE CHINE ET AUTRES

155 — Jolie cassolette en ancienne porcelaine de céladon, ajourée; monture en bronze doré à rocailles et enroulements, Louis XV.

156 — Jolie cassolette en ancienne porcelaine de Chine, fond bleu barbot, décor à feuillages et fleurs sous couverte, monture en bronze doré à rocailles, Louis XV.

157 — Beau vase en ancienne porcelaine de Chine, fond gros bleu, forme à pans, avec monture en bronze ciselé et doré, orné d'anses à sirènes, surmontées de cygnes aux ailes déployées et le pied à feuilles d'acanthe, Louis XVI.

158 — Paire de vases en ancienne porcelaine de céladon, forme à pans, fond bleu turquoise, décor à feuillages en relief, monture en bronze doré, ornés de guirlandes et de festons, Louis XVI.

159 — Paire de vases cylindriques en ancienne porcelaine de Chine, fond gros bleu, monture en bronze doré, avec anses à feuillages et rocailles. Style Louis XV.

160 — Vase forme aubergine en ancienne porcelaine de céladon, décor à branchages et fleurs en relief, monté sur socle à rocailles en bronze doré. Style Louis XV.

161 — Deux groupes en ancienne porcelaine blanche de Capo di Monte : Vénus et Neptune sur des coquilles et des dauphins, monture à rocailles en bois sculpté et doré. Style Louis XV.

162 — Deux petits candélabres à trois lumières, formés de magots en ancien blanc de Chine, montés sur socles à rocailles en bronze doré, abrités sous des bosquets ornés de fleurs en anciennes porcelaines de Sèvres et de Saxe.

FAIENCES D'URBINO

163 — Très petite coupe en ancienne faïence d'Urbino, offrant à l'intérieur un enfant portant des volatiles, à l'extérieur un médaillon buste de femme, encadrée de dessins raphaélesques.

164 — Deux coupes en ancienne faïence d'Urbino, décorées de scènes bibliques.

BOITES — TABATIÈRES — BONBONNIÈRES

165 — Très belle et grande boite ovale en or émaillé vert sur fond gravé et guilloché, représentant au pourtour des arcades entrecoupées de colonnades, sur le devant un médaillon : Enfant à l'oiseau, encadrée d'un tore de lauriers; sur les côtés, des perspectives ornées de guirlandes; derrière, une allégorie du printemps; dessous, une allégorie de la peinture; sur le couvercle, un émail peint représentant le duo d'amour avec encadrements en or de couleur et ciselé à festons et guirlandes de fleurs; signé sur la gorge : *Formey, Paris*. Travail français. Époque Louis XVI.

166 — Grande et belle boite ovale en or de couleur, finement ciselé, décor à chainettes avec fleurs au centre, médaillon en émail fond bleu encadré de guirlandes de fleurs. Le dessus est orné d'un émail peint, représentant la Joueuse de triangle, de Van Loo, avec encadrement en émail vert. Le fond en émail gros bleu fond guilloché est rehaussé de rocailles et d'amours se balançant dans des guirlandes de fleurs en or vert, jaune et bruni. Le dessous, fond émaillé gros bleu, représente au centre un trophée en or de couleur avec encadrement en émail vert, et tout autour des rocailles et des guirlandes de fleurs

en or de couleur. Travail français, époque Louis XV.

167 — Grande et belle boite ovale en or émaillé, décor dit à herborisations sur fond d'or avec bordure finement ciselée, à rosaces et guirlandes de lauriers, encadrés de filets d'émail blanc. Le couvercle est enrichi d'un émail peint représentant un Turc et une Orientale au bord du golfe de Gênes, regardant un pêcheur; composition d'après Leprince. Travail français. Époque Louis XVI.

168 — Belle boite octogone, en or émaillé gris fer sur fond guilloché et pointillé, avec bordure et montants en émaux opalins enchaînés de filets verts. Le couvercle est enrichi d'un émail peint représentant Messaline implorant le pardon de Claude, encadrée d'une chaînette en or émaillé vert. Travail français, époque Louis XVI.

169 — Très jolie boite ovale, en or émaillé violet, sur fond guilloché, avec bordure, dessins arabesques en or de couleur, sur fond d'émail blanc et montants à colonnettes cannelées surmontées de chapiteaux et de guirlandes de lauriers. Le dessus est enrichi d'un émail peint, représentant un épisode de la guerre de Troie, encadré de demi-perles. Travail français, époque Louis XVI.

170 — Grande et belle boite ovale, en or émaillé gris perle, sur fond guilloché avec bordure à guirlande de raisin en or de couleur entrecoupée de médaillons bleu turquoise émaillés en plein. Les montants représentent des enfants musiciens assis sur des consoles. Le couvercle est enrichi d'un émail peint, allégorie de la peinture d'après Van Loo, encadré d'une guirlande de laurier, d'un mascaron et de rinceaux en or de couleur. Travail français, époque Louis XVI.

171 — Jolie boite haute et ovale, forme dite baignoire, en or émaillé gros bleu, offrant des sujets allégoriques au divertissement des amours gravés sous émail. Bordure en or ciselé et de couleur, offrant au pourtour des guirlandes de laurier, sur le couvercle et dessous, des suites de feuilles d'acanthe et de rosaces. Les montants représentent des cartouches à mascarons et chute de fleurs enguirlandés de laurier. Le couvercle est enrichi d'un émail peint, représentant : la Déclaration du batelier à la paysanne, d'après *Boucher,* signé sur la gorge : *George, à Paris.* Travail français, époque Louis XVI.

172 — Jolie boite ovale, en or émaillé rouge, sur fond guilloché et pointillé, avec bordure et entre-deux offrant des petits médaillons simulant des agathes herborisées et des guirlandes de fleurs en émaux de couleur. Le couvercle est enrichi

d'un émail peint, représentant le retour d'Ulysse. Travail français, époque Louis XVI.

173 — Très jolie boite ovale, en or émaillé, offrant des paysages à herborisation, sur fond émail opalin, avec rayonnements guillochés sous couverte. Bordure à feuillages, montants à petits pilastres ornés de draperies en émaux de couleur. Travail français, époque Louis XVI.

174 — Grande boite ovale en or émaillé, en plein fond bleu clair, avec encadrements et montants fond rose, décorés de guirlandes de fleurs, gravés et réservés et offrant sur le couvercle, au pourtour et dessous, des trophées et des fleurs gravées et réservées, sur fond d'émail vert. Bordure à feuillage en or vert. Travail français, époque Louis XVI.

A l'intérieur on lit : *Kamenoi ostrow, le 6 sept. 1865.*

175 — Boite ovale, en or émaillé gris fer, sur fond guilloché et pointillé, avec bordure d'émaux opalins et festons de rubans rouge rubis, enrichie, sur le couvercle, d'un émail peint, représentant l'Amour lançant un trait, grisaille sur fond rose encadré d'opales émaillées. Travail français, époque Louis XVI.

176 — Boite ovale, en or émaillé, couleur péridot,

sur fond guilloché et pointillé, avec bordure à opales et feuillages en émaux de couleur, entre-deux à petites colonnes feuillagées, enrichi sur le couvercle d'un émail peint en grisaille, représentant les jardins de Cupidon. Travail français, époque Louis XVI.

177 — Grande et belle boite, forme à contours, fond d'ivoire gravé, couverte de bas-reliefs en or repoussé, ciselé et découpé, représentant des sujets mythologiques dans des rocailles enguirlandées de fleurs, monture à charnière avec griffe à coquille. Elle offre à l'intérieur une peinture sur ivoire, allégorie au triomphe d'Apollon. Travail français, époque Louis XV.

178 — Boite haute et ovale, forme dite baignoire, en or guilloché avec bordure émaillée en plein fond bleu turquoise à fleurs et enrichie sur le couvercle d'un petit émail peint en grisaille sur fond rose, représentant le couronnement de l'Amour. Travail français, époque Louis XVI.

179 — Boite haute et ovale, en or de couleur, finement ciselé, enrichie d'encadrement, de festons et d'une griffe en roses. Le dessus représente le temple de l'Amour, encadré de rocaille et de guirlandes de fleurs, le pourtour des médaillons à figures d'amours dans les airs et nature morte, avec entre-deux à grands enroulements et guir-

landes de laurier. Le dessous représente l'autel de l'Amour, encadré de guirlandes. Sa bordure offre un décor à chainettes, Travail français du temps de Louis XVI.

180 — Boite ovale en or gravé, décorée de bouquets de fleurs, tout en incrustations de pierres dures, bordure à palmes et enroulements gravés. Époque Louis XV.

181 — Boite rectangulaire, en or finement ciselé, offrant des corbeilles de fleurs, des oiseaux et des rocailles, montée à charnière et à griffe. Époque Louis XV.

182 — Boite haute et ovale, en or guilloché, décorée de cartels à sujets de chasse en or de couleur et finement ciselé encadrés de rocailles et de fleurs, en partie rehaussée de festons émaillés gros bleu en plein. Travail français, époque Louis XV.

183 — Petite boite ovale, en or émaillé gros bleu, sur fond guilloché avec bordure et entre-deux à feuillages et fleurs en émaux vert et rouge rubis, encadrée de filet d'émail blanc. Le couvercle est enrichi d'un émail peint en grisaille sur fond rose, représentant une prière à l'Amour. Travail français, époque Louis XVI.

184 — Petite bonbonnière ronde montée à charnières

en or, émaillé en plein, offrant des médaillons à paysages, à fleurs et à herborisation sur fond vert et jaune, encadré de rinceaux. Travail français, époque Louis XV.

185 — Petite boite carrée en jaspe sanguin finement évidé, monture à griffe en or ciselé, décor à rocailles et fleurs, enrichi dessus d'un bouquet en brillants anciens. Travail français, époque Louis XV.

186 — Boite plate, forme octogone en or mat et ciselé, offrant en bas-relief des guirlandes de fruits et de feuillage, ornée sur le couvercle dessous et sur les pans coupés d'émaux peints en grisaille à fond gris, représentant une allégorie à la science, un enlèvement d'amour et des petits vases. Travail du temps de Louis XVI.

187 — Boite forme coquille en émail peint de Saxe fond blanc avec figure de Mars, groupes mythologiques, bustes de personnages, guirlandes de fleurs et rocailles réservées en or. L'intérieur est orné d'une miniature : Chasse au lion. Époque Louis XV.

188 — Boite rectangulaire en agate orientale, monture en or à cage, décor à festons avec griffe enrichie de rubis et de diamants. Époque Louis XV.

189 — Bonbonnière en or filigrané avec bordure émaillée, ornée au centre d'une petite montre boitier émaillé, fond orange. Époque Louis XVI.

190 — Bonbonnière ronde en vernis Martin, représentant sur le couvercle une scène de festin entre gardes françaises, gentilshommes et courtisanes dans une salle d'auberge ; monture en or. Époque Louis XV.

191 — Bonbonnière ronde en vernis Martin, offrant dessus et dessous des allégories des saisons représentées par des groupes d'amours, et au pourtour des torches enflammées, des carquois et des corbeilles de fleurs ; monture en or. Époque Louis XVI.

192 — Bonbonnière ronde en vernis Martin, représentant sur le couvercle une scène d'intérieur oriental, inspirée des compositions de Leprince ; monture en or. Époque Louis XVI.

193 — Bonbonnière ronde en vernis Martin, offrant sur le couvercle une scène de famille d'après Greuze, dessous et au pourtour des natures mortes ; monture en or. Époque Louis XVI.

194 — Bonbonnière ronde en vernis Martin, décor fond vert à rayures et ornements fond rouge rubis

à rehauts d'or, enrichi sur le couvercle d'une miniature ovale sur ivoire, représentant Vénus et l'Amour; monture en argent repercé. Époque Louis XVI.

195 — Bonbonnière en laque rouge, dessins à rehauts d'or, monture en or, ornée sur le couvercle d'un émail peint représentant un sacrifice à l'Amour. Époque Louis XVI.

196 — Bonbonnière en écaille laquée couleur rouge antique, ornée sur le couvercle d'un médaillon en vernis Martin, représentant Diane et Daphné se reposant de la chasse et entourés des Amours; monture en or. Époque Louis XVI.

197 — Bonbonnière haute et ronde en vernis Martin, fond d'or, décorée de festons à dessin noir, enrichie sur le couvercle d'un fixé d'après Joseph Vernet, représentant les environs de Gênes, attribué à Lebel; monture en or. Époque Louis XVI.

198 — Grande boite rectangulaire en jaspe sanguin taillé à facettes, monture à cage, en argent doré, ornée sur le couvercle d'une mosaïque de Florence, à bouquet de fleurs. Époque Louis XVI.

199 — Bonbonnière en vernis Martin, fond vert à rayures mordorées, offrant sur le couvercle une

bouquetière et un enfant encadrés de rocailles à rehauts d'or. Époque Louis XVI.

200 — Petite bonbonnière ronde montée à charnière, en or émaillé en plein de sujets allégoriques, à la Musique, aux Arts et aux Sciences, représentés par des groupes d'Amours en camaïeu bleu entourés de fleurs et de rocailles en émaux de couleurs. Travail français. Époque Louis XV.

BOITES EN PORCELAINE DE SAXE

201 — Belle boîte rectangulaire décorée de sujets champêtres d'après Vernet, encadrés de rocailles avec scène de buveurs à l'intérieur du couvercle; monture en or à charnières.

202 — Petite boite ovale décorée de vues des environs de Dresde, avec nombreux petits personnages, décor analogue à l'intérieur du couvercle; monture en cuivre à charnières.

203 — Grande et belle boite à contours, décorée de sujets genre *Lancret*, avec paysages et vues de châteaux, encadrés de rocailles; monture en or à charnière.

204 — Jolie boite rectangulaire en émail de Saxe, décor à sujet mythologique, à l'intérieur une scène champêtre : Chloé au bord du lac; monture à charnière en or ciselé.

205 — Jolie boite rectangulaire en émail de Saxe, décor à sujet mythologique représentant à l'intérieur des dames de qualité se baignant au bord d'un fleuve; monture à charnière en or ciselé.

206 — Bonbonnière en émail de Saxe, fond violet

avec médaillon à jeux d'enfants, offrant à l'intérieur une dame écrivant dans une bibliothèque ; monture à charnière en argent doré et ciselé.

207 — Boîte haute à couvercle bombé, décor allégorique à la gloire du prince Paul de Russie, trophées guerriers; monture à charnière en argent doré. Époque Louis XVI.

208 — Boite haute rectangulaire, décor à fleurs offrant à l'intérieur un sujet : la Partie de cartes; monture à charnière en argent doré et gravé. Époque Louis XVI.

209 — Tabatière rectangulaire décorée de paysages avec nombreux petites figures, et à l'intérieur d'un sujet mythologique monté en argent et à charnière.

210 — Boite rectangulaire en émail, décor à sujet champêtre ; monture à charnière en argent ciselé et doré. Style Louis XVI.

211 — Belle boite rectangulaire à angles cintrés, décor à sujet d'après Lancret, en camaïeu vert, intérieur fond d'or avec sujet : scène de famille dans un parc au fond du couvercle ; monture à charnière. Époque Louis XVI.

212 — Boite rectangulaire décorée de paysages avec

vues de châteaux animés de petits personnages, décor analogue à l'intérieur du couvercle, monté à charnière en argent du temps de Louis XVI.

213 — Bonbonnière en porcelaine de Saxe, décor à fleurs.

214 — Bonbonnière en ancien émail de Saxe, décor à médaillons de petits personnages, figures d'Orientaux. Époque Louis XIV.

BIJOUX ANCIENS

215 — Très jolie montre toute émaillée en plein, offrant sur le boitier une allégorie à la Charité chrétienne; autour, des petits médaillons à paysages encadrés de rinceaux, signée *des deux frères Huaut, les jeunes*. Époque Louis XIV.

216 — Grosse montre en argent gravé, enrichie de pierreries et d'un émail peint, sujet allégorique. *Cadran signé : André Paguillon*, avec chaine filigranée. Époque Louis XIV.

217 — Jolie châtelaine avec montre en or ciselé à rocailles, ornée d'émaux peints fond blanc à bouquet de fleurs. La montre émaillée en plein, avec breloque en ancienne porcelaine de Chelsea. Époque Louis XV.

218 — Drageoir formé d'un boitier de montre émaillé en plein, représentant Rebecca à la fontaine, le départ de Rebecca, des petits médaillons à paysages, sujets allégoriques, et à l'intérieur la Tour de Babel et un paysage. Époque Louis XIV.

219 — Montre en or émaillé en plein, représentant Diane et Daphné, encadrés de rocailles et de fleurs. Époque Louis XV.

220 — Montre en or émaillé en plein, représentant la Tentation avec encadrement à paysage. Bouton enrichi d'un brillant. Époque Louis XV.

221 — Reliquaire pendentif en émail peint, représentant d'un côté la Nativité, de l'autre l'Adoration des rois Mages. Époque Louis XIV.

222 — Porte-tablette, dit souvenir, en vernis Martin, fond d'or orné de blason et de guirlandes; monture en or gravé. Style Louis XVI.

MINIATURES

223 — Très belle miniature ovale sur ivoire : Portrait d'une jeune femme à corsage vert, gracieusement décolleté, orné de fleurs, à coiffure poudrée, avec chapeau de paille enrubanné, garni de plumes. Œuvre intéressante signée *Hall*.

Cadre en or à filet d'émail blanc.

224 — Très jolie miniature ronde sur ivoire : Portrait de Mme de Pontchartrain, représentée assise, donnant un morceau de sucre à son petit chien, habillée d'une robe mauve décolletée, la gorge couverte par une guimpe de tulle, coiffure haute, à la poudre, ornée de plumes. Œuvre charmante d'*Augustin Dubourg* (signée).

Cadre en or.

225 — Très jolie miniature ronde sur ivoire : Portrait de *Mlle la Dauphine* dans un parc royal, représentée debout, s'accoudant sur un socle décoré de bas-relief, près d'un groupe de colombes, habillée d'une robe de gaze blanche à rayures satinées, serrée à la taille par une écharpe bleue, coiffure à boucles et frisures ornée d'une couronne de roses. Œuvre pleine de charme et de grâce. Attribuée à *Vestier*.

Cadre en or gravé.

226 — Très belle miniature ronde sur ivoire : Portrait de *Mme d'Aubusson*, née Randon de Pully, à dix-sept ans, les cheveux blonds dorés épars, en robe blanche avec écharpe flottante au vent. Au fond, la pleine mer, animée de voiliers. Attribuée à Dumont.

Cadre en or à chaînette.

227 — Très belle miniature ronde sur ivoire : Portrait de Mlle de Cossé, représentée assise dans un parc, tenant un livre à la main, habillée en robe de mousseline blanche, avec corsage de soie bleu pâle et décolleté, coiffée à la poudre, avec rubans dans les cheveux. Œuvre pleine de charme, attribuée à *Perrin*.

Cadre en or.

228 — Très belle miniature ronde sur ivoire : Portrait de Mme de Virieux en Diane chasseresse, très élégant costume allégorique, assise sous un bois. Œuvre remarquable, signée *Hall*.

Cadre en or à filets d'émail blanc.

229 — Jolie miniature ronde sur ivoire : Portrait d'une jeune femme en robe grise très plissée, coiffure ornée de perles. Signée : *Sicardi*.

Cadre en or gravé.

230 — Très jolie miniature rectangulaire, représentant Mme de Châteauroux en bergère, élégam-

ment costumée, caressant un mouton et assise dans un parc. Œuvre d'un coloris et d'une composition des plus agréables. Signée : *F. Boucher.*

Cadre en cuivre doré.

231 — Miniature ovale sur ivoire : Portrait d'une jeune femme en coquette robe verte garnie de rubans roses, à corsage décolleté, coiffée d'un petit bonnet enrubanné.

Cadre en or gravé.

232 — Miniature ronde sur ivoire : Portrait d'une dame de qualité, en robe violette, à corsage ouvert, avec chemisette et fichu négligemment noué sur la gorge, coiffée d'un grand chapeau de paille enrubanné. Fond de paysage. École française.

Cadre en or à chainette. Style Louis XVI.

233 — Jolie miniature ronde sur ivoire, représentant une jeune dame de la Cour, dans le parc de Fontainebleau, assise sur un banc, s'appuyant sur une corbeille de roses, ajustant un bouquet à son corsage. Œuvre très délicate de l'École française, XVIIIe siècle.

Cadre en bronze doré.

234 — Jolie miniature ronde sur ivoire : Portrait d'une jeune dame de qualité, représentée en

robe blanche décolletée, coiffure frisée et bouclée, assise dans un parc. Œuvre pleine de finesse, attribuée à *Saint*.

Cadre en or.

235 — Très belle miniature ovale sur ivoire : Portrait de la reine Marie Leczinska, assise sur un fauteuil fleurdelisé, habillée d'une robe rouge, garnie de dentelle, coiffée d'une fanchon. Attribuée à Lefèvre, peintre du Roy.

Cadre en bronze.

236 — Miniature ovale sur ivoire : Portrait d'une jeune femme en robe blanche décolletée, ornée de rubans bleus, coiffure haute et frisée. Signée : *Sicardi*.

Cadre en bronze.

237 — Miniature rectangulaire : Portrait de la princesse de Condé, en élégant costume décolleté, enveloppée d'une écharpe rose, gracieusement drapée et nouée, coiffure à la poudre, ornée de fleurs. Cadre en bronze doré, avec inscription suivante sur l'enveloppe : « Mme la princesse de Condé, née Rohan Soubise, mère de Mgr le duc de Bourbon, morte en 1760. Donné par elle (le nom effacé), chevalier de l'Ordre de Saint-Michel. 1752.

238 — Petite miniature ovale : Portrait d'une jeune

femme parée de perles. École française, XVIIIe siècle.

Cadre en bronze avec trophée.

239 — Belle miniature ronde sur ivoire, représentant une Bacchante, attribuée à *Caresme*.

Cadre en or.

240 — Miniature ronde sur ivoire : *Cléopâtre*. Œuvre d'une grande expression de l'École française du XVIIIe siècle.

Cadre en or.

241 — Miniature ovale sur ivoire : Portrait de jeune femme à coiffure frisée et enrubannée, vêtue d'une robe blanche à taille courte, serrée par une ceinture rouge, attribuée à *Saint*.

242 — Jolie miniature rectangulaire sur ivoire, représentant Vénus, Apollon et l'Amour dans un délicieux paysage animé d'un groupe de colombes se becquetant près d'un bouquet de roses. Œuvre charmante de *Charlier*.

Cadre en or gravé.

243 — Miniature ronde, représentant les Confidences d'amour ; deux jeunes femmes, tenant une colombe, ont à leurs pieds des roses éparses et un mouton les regarde. Attribuée à *Boucher*.

244 — Très jolie petite gouache ovale, représentant un palais en ruines, animée de nombreux petits personnages. Signée : *V. B.*

Cadre en or à reverbère avec filet d'émail blanc.

245 — Miniature ovale sur ivoire : Portrait de jeune femme du temps de Louis XV, habillée d'une robe bleue garnie de fourrures, à corsage décolleté, coiffée à la poudre avec fleurs dans les cheveux.

Cadre en vermeil, style Louis XVI.

246 — Petite miniature ovale : Portrait du roi Louis XV en grand costume de guerre. Attribuée à *Vestier*.

Cadre en cuivre de l'époque.

247 — Jolie miniature ovale sur ivoire, représentant une jeune femme à sa toilette, très peu vêtue, essayant avec grâce de se parer de fleurs. École française du XVIIIe siècle.

Cadre en bronze, style Louis XVI.

248 — Jolie miniature ronde sur ivoire : Portrait d'une jeune femme en robe blanche, à corsage décolleté, orné de nœuds de rubans verts, coiffée d'un petit chapeau de paille enrubanné. Signée : *Hall*.

Cadre en or.

249 — Miniature rectangulaire : Portrait de jeune dame de qualité, vue à mi-corps dans un parc, habillée en costume allégorique de nymphe avec draperie violette. Attribuée à *Lefèvre*.
Cadre en or gravé.

250 — Jolie miniature rectangulaire, représentant une dame de France en costume de cour, parée de joyaux et du manteau fleurdelisé. Œuvre d'une finesse remarquable. École française du temps de Louis XV.
Cadre en or.

251 — Miniature ronde sur ivoire : Portrait d'homme à cheveux légèrement poudrés, avec cravate blanche flottante. Époque fin Louis XVI.
Cadre en or.

252 — Miniature ronde sur ivoire : Portrait d'un gentilhomme du temps de Louis XVI, signée : *Weyler, peintre du Roy.*

253 — Petite miniature ovale : Portrait du prince de Condé, signée : *Hall.* Cadre en bois noir du temps.
Cadre en or gravé.

254 — Petite miniature ovale sur ivoire : Portrait d'un maréchal en armure du temps de Louis XV.
Cadre en or.

255 — Petite miniature ovale : Portrait de jeune femme en robe blanche, coiffée d'un voile de tulle. École française, XVIIIe siècle.

Cadre en or.

256 — Miniature ovale, représentant de profil une jeune femme coiffée d'un grand chapeau de paille orné de plumes, en robe verte très décolletée, fond de paysage, signée : *Sicardi.*

Cadre en or gravé.

257 — Petite miniature ronde, représentant les Amoureux échangeant un baiser. École française, XVIIIe siècle.

Cadre en cuivre.

258 — Petite miniature ovale : Portrait de la comtesse de Valory en robe bleue garnie de fourrure, coiffure à la poudre avec plume noire.

Cadre en bronze.

259 — Miniature ronde, représentant un port animé de nombreux personnages et d'une multitude de bateaux.

260 — Petit dessin, représentant des hommes et des femmes apportant des présents à un roi. École française, XVIIIe siècle.

Cadre en vermeil.

261 — Miniature ronde, représentant un des combats d'Hercule, peinture en grisaille imitant un camée, signée : *Degault.*

Cadre en or gravé.

262 — Miniature ronde sur ivoire, représentant un satyre embrassant une nymphe, peinture en grisaille, de *Sauvage* (signée).

Cadre en or.

263 — Petite miniature ovale sur ivoire : Portrait d'un gentilhomme en armure, peinture en grisaille.

Cadre en or.

264 — Petite miniature sur ivoire : Portrait d'un gentilhomme décoré de l'ordre de Saint-Louis.

Cadre en or.

265 — Petite miniature ovale sur ivoire : Portrait de Beaumarchais.

Cadre en bois noir.

266 — Miniature ronde sur ivoire, représentant, au milieu de guirlandes de roses, les portraits en buste de la reine et du dauphin, par *Charles Hoin,* peintre de Monsieur.

Cadre en cuivre doré.

267 — Petite miniature ovale sur ivoire : Portrait

d'une jeune dame de qualité, à corsage blanc décolleté garni de rubans bleus, coiffure à la poudre avec petit bonnet de dentelle noire. Époque Louis XVI.
Cadre en or.

268 — Miniature ovale sur ivoire : Portrait de profil de la princesse de Henin, habillée d'une robe à fichu blanc, coiffée d'un bonnet enrubanné.
Cadre en cuivre.

269 — Miniature ronde, représentant une corbeille de fleurs, signée : *Van Leen F. 1790.*
Cadre en or.

270 — Miniature ovale, représentant un vase de fleurs et des fleurs éparses sur une console, avec vues de palais d'Orient en perspective.
Cadre en or.

271 — Miniature ronde, représentant un vase de fleurs sur une table. Attribuée à *Van Dael.*
Cadre en or.

272 — Deux fixés ovales, représentant des batailles, d'après Bourguignon.
Cadres en cuivre. Style Louis XVI.

273 — Grande miniature ovale, représentant le roi Louis XVI et la reine Marie-Antoinette, dans le parc de Trianon ; cadre en bois sculpté et doré,

orné de fleurs de lis et surmonté de la couronne de France.

274 — Miniature rectangulaire, représentant la chaste Suzanne surprise par les deux vieillards.

Cadre en bois sculpté et doré.

275 — Petite miniature ronde : le Baiser. Époque Louis XVI.

276 — Miniature ronde sur ivoire : Portrait de dame en costume de la Révolution, signée *Sicardi.*

Cadre en or gravé.

277 — Miniature ronde sur ivoire, représentant le *Peintre épris de son modèle.* Peinture en grisaille.

Cadre en argent doré et gravé, monté sur chevalet.

278 — Petit dessin, représentant l'*Apothéose d'un Roi.*

Cadre en argent doré. Style Louis XVI.

279 — Six médaillons, représentant des sujets mythologiques, dessins d'une grande finesse, attribués à Caresme ; montés en or dans des encadrements à filet d'émail blanc, disposés pour former une boite.

280 — Petit émail peint, représentant *Vénus et l'Amour visitant les forges de Vulcain.*
Cadre en cuivre. Style Louis XVI.

281 — Deux médaillons en écaille, décor d'or, représentant des paysages animés de figures, d'après Joseph Vernet; cercles en or. Époque Louis XVI.

282 — Petite peinture sur cuivre, représentant une corbeille de fruits, signée des monogrammes V. S. de *Van Spandoenck.* Cadre de l'époque.

283 — Bel émail de Saxe, représentant d'un côté : *Mars, Vénus et les Amours;* de l'autre côté : le *Repos des Nymphes*, signé : *Charinski fecit.*
Cadre en cuivre gravé.

OBJETS D'AMEUBLEMENT

284 — Très baeu meuble de salon, composé d'un grand canapé et six fauteuils en bois sculpté et doré, de style Louis XIV, couvert d'anciennes tapisseries de Beauvais, représentant aux dossiers des sujets champêtres et des petits amours; sur les sièges, des médaillons à paysages et animaux encadrés de rocailles et de fleurs sur fond rouge.

285 — Grande console en bois sculpté et doré supportée par quatre cariatides d'hommes se terminant en griffes de lions avec bandeaux offrant en bas-relief des cornes d'abondance, des rinceaux et des fleurs; dessus en marbre blanc. Époque Louis XVI.

286 — Grand dessus de console en granit rose d'Orient.

287 — Vase en marbre serpentine, monture en bronze ciselé et doré, Louis XVI.

288 — Vase en porphyre oriental, monture en bronze doré. Style Louis XVI.

289 — Petit brûle-parfums en marbre vert de Syrie, monture en bronze doré. Époque Empire.

290 — Deux figurines en bronze, d'après Bérain : Chinois et Chinoise. Époque Louis XV.

291-292 — Deux vitrines plates avec armatures en fer.

293 — Vitrine plate à dessus bombé, armature en fer.

294 — Deux vitrines plates.

295 — Deux petites colonnettes en albâtre avec socles en marbre vert de mer, embrasses et chapiteaux en jaune de Sienne.

296 — Deux petites consoles en bois sculpté et doré.

297 — Bras d'applique à deux lumières en bronze doré, figure d'enfant sur une console. Style Louis XIV.

298 — Deux petites baignoires en rouge antique, montées en bronze.

299 — Baignoire plus grande, en rouge antique, montée en bronze.

300 — Deux petits tableaux en broderie d'or, d'argent et soie, à sujets religieux. Époque Louis XIII.

301 — Divers objets d'étagère, compléments de montures en bronze, garnitures de meubles, etc. (Sera divisé.)

N° 302.

TAPISSERIE DES GOBELINS

302 — Magnifique tapisserie des Gobelins, représentant la suite des grandes scènes siamoises inspirées des cartons de *Leprince*. Composition de trente-quatre figures avec bordure à dessin grec entre une file à chaînette et une frise à feuilles d'acanthe. Époque Louis XV.

A gauche, dans une boutique ouverte abritée par une tente, des marchands de fruits débitent leurs produits; un personnage, assis au pied d'une balustrade, fait chauffer une boisson en causant avec une bouquetière. Sur une terrasse, plusieurs personnages de distinction festoient, entourés de nombreux serviteurs portant des plats ou faisant monter à l'aide de cordes des paniers de bouteilles.

A droite, le roi est assis sous un palanquin et assiste à une danse exécutée par de nombreux ballerins avec l'accompagnement d'un orchestre composé d'hommes et de femmes disposés autour du trône.

Ces différentes scènes se déroulent au milieu du plus séduisant paysage et sont remarquablement composées.

Conservation parfaite.

Haut., 3 m.; long., 9 m.

www.ingramcontent.com/pod-product-compliance
Ingram Content Group UK Ltd.
Pitfield, Milton Keynes, MK11 3LW, UK
UKHW020352180726
13839UKWH00003B/1053